L'AMOUR ET L'AMBITION,

COMÉDIE

EN CINQ ACTES ET EN VERS,

Par Mr F. L. Riboutté,

AUTEUR DE L'ASSEMBLÉE DE FAMILLE,

Représentée sur le Premier Théâtre Français, par les Comédiens ordinaires du Roi, le 22 Novembre 1822.

A PARIS,
CHEZ PONTHIEU, LIBRAIRE,
PALAIS-ROYAL, GALERIE DE BOIS, N°. 252.

1822.

L'AMOUR ET L'AMBITION,

COMÉDIE EN CINQ ACTES.

Prix : 3 francs.

L'AMOUR ET L'AMBITION,

COMÉDIE

EN CINQ ACTES ET EN VERS,

Par M.r F. L. Riboutté,

AUTEUR DE L'ASSEMBLÉE DE FAMILLE,

Représentée sur le Premier Théâtre Français, par les Comédiens ordinaires du Roi, le 22 Novembre 1822.

A PARIS,

CHEZ PONTHIEU, LIBRAIRE,

PALAIS-ROYAL, GALERIE DE BOIS, N°. 252.

1822.

PERSONNAGES. ACTEURS.

PERSONNAGES.		ACTEURS.
Le Comte DE MELLEFONT, Ministre,	MM.	*Damas.*
D'HERMAN, son Frère, Marin.		*Baptiste.*
AMEDÉ, Secrétaire du Ministre		*Armand.*
Le Baron D'HOLBORN.		*Firmin.*
PETTERS, vieux Serviteur		*Monrose.*
AMÉLIE, aimée de Mellefont	Mmes.	*Mars.*
La Baronne de ***		*Leverd.*
SARA, Nièce de Mellefont		*Brocard.*

La Scène se passe en Allemagne.

L'AMOUR ET L'AMBITION,

COMÉDIE EN CINQ ACTES

ET EN VERS.

ACTE Ier.

Le Théâtre représente le Salon d'un Palais ; des Tableaux, des Livres, deux grands Bureaux. On ne change point la décoration.

Tout le monde est en habit habillé, excepté Verner; d'Herman est en marin.

SCENE PREMIÈRE.

PETTERS, *seul.*

Oui, c'est bien arrangé.... rien ne blesse les yeux :
Il faut avoir de l'ordre ; enfin, tout est au mieux.
Il ne me reste plus qu'à faire sentinelle ;
Car, à chaque moment, le ministre m'appelle.
Quoique le plus âgé de tous ses serviteurs,
Il me traite bien mal ; il lui faut des flatteurs.

Dès long-temps il avait un jeune secrétaire,
Intéressant, honnête, et qui devait lui plaire ;
Aussi franc que loyal ; simple dans ses discours ;
Comme un ami sincère il s'exprimait toujours :
Il l'a congédié sans le voir, sans l'entendre.

SCENE II.

PETTERS, VERNER.

PETTERS.

Vous n'êtes pas parti.......

VERNER.

J'ai des comptes à rendre.

PETTERS.

Nous vous regrettons tous.

VERNER.

Je te suis obligé,
Bon Petters !

PETTERS.

Ah ! Monsieur, combien tout est changé !
Le ministre prend donc un nouveau secrétaire !

VERNER.

Je suis trop franc, Petters, pour ne pas lui déplaire :
Il m'éloigne à jamais....

PETTERS.

Et pour quelle raison ?
Vous qui, depuis quinze ans, habitez la maison,
Vous, dont il a reçu mille preuves de zèle ?....

VERNER.

Ma disgrâce, Petters, est assez naturelle.
Où le flatteur est tout, l'ami vrai n'est plus rien :
Il lance ses poisons sur les hommes de bien,
Et toujours, pour servir son âme intéressée,
Il couvre de venin la plus noble pensée.
Dans l'espoir d'obtenir un prix vraiment flatteur,
Un peu légèrement, je me suis fait auteur :
Tous les ans, de Veimar l'illustre académie,
Des savans de l'Europe appelle le génie ;
Elle offre un grand sujet à leur discussion :
Combattre les effets nés de l'ambition ;
Démontrer ses dangers, sa funeste influence,
Me parut un sujet bien beau pour l'éloquence !
Ses funestes excès l'emportent tour à tour
Sur l'amitié, l'honneur, les vertus et l'amour !
Je triomphe ! A l'espoir enfin je m'abandonne.
Je venais à Sara présenter ma couronne.
La nièce du ministre intéresse mon cœur ;
J'aspirais à sa main, je croyais au bonheur.....
Petters, près de son oncle, on accuse mon zèle ;
En faisant mon discours, je l'ai pris pour modèle !
Un ennemi secret, un calomniateur,
Répand partout ce bruit, veut me ravir l'honneur.

PETTERS.

Le frère du ministre arrive de voyage ;
Pour appui vous aurez un philosophe, un sage.
Sans ce baron d'Holborn, nous serions tous heureux,

Ami de monseigneur, il est bien dangereux!
Mais comment se fait-il que le comte lui-même
Tienne si fort à lui?

VERNER.

Je résous le problême.
Le père du baron, homme rempli d'honneur,
Du jeune prince fut le premier gouverneur.
D'Holborn sur son esprit, dès sa plus tendre enfance,
En flattant ses désirs, obtint de l'influence.
Comme il est très-adroit, il sait, par son esprit,
Chaque jour, près du prince, augmenter son crédit;
Et tous les courtisans, souples par caractère,
Préviennent ses désirs et cherchent à lui plaire.

PETTERS.

Je vous entends, monsieur, on flatte tous ses vœux;
Il n'est pas estimé, mais il est dangereux.
Il corrompt tout ici; madame la baronne,
Avant de le connaître, était aimable, bonne;
Elle vous protégeait; nous la chérissions tous;
Elle aigrit à présent son frère contre vous.
Du baron de Vorlen elle voyait la fille,
Comme une tendre sœur, comme de sa famille:
Elle ne l'aime plus, en parle froidement,
Et du comte l'hymen n'a pas son agrément.
Mais enfin il se fait, c'est la chose importante..
Oui, mon cher maître épouse une femme charmante,
Simple dans tous ses vœux, qui hait les courtisans,
Et saura l'éclairer sur ses vrais partisans.

VERNER.

Je vois bien aujourd'hui que le comte s'engage ;
Très-long-temps j'ai douté qu'il fît ce mariage ;
A ne te rien cacher, il est ambitieux.

PETTERS.

Mais c'est un point d'honneur ! Puis il est amoureux :
En lui l'amour se joint à la reconnaissance :
Au baron de Vorlen il doit son existence.
Moi, je date de loin, et j'ai tout vu céans,
Tout ce qui s'est passé ; mais depuis cinquante ans.
A ce noble baron, homme très-estimable,
Qui possédait alors un rang fort honorable,
Celui de général, beaucoup d'autorité,
Le comte, jeune alors, monsieur, fut présenté.
Son esprit, ses talens obtinrent son suffrage ;
Il l'aima tendrement chaque jour davantage,
Et même à le servir il mit tant de chaleur,
Que du comte, à vingt ans, commença la faveur.

VERNER.

Oui, je sais, bon Pettters...

PETTERS.

Ah! c'est qu'on peut m'en croire;
J'ai tout vu par mes yeux, et j'ai bonne mémoire.
Général distingué, mais toujours malheureux,
Sur les bords du Danube, un combat glorieux
Le couvrit de lauriers et termina sa vie.
Il avait pour enfant notre chère Amélie,
Qui restait sans parens, sans fortune ! l'honneur
Etait tout pour son père. En un si grand malheur,

La mère du ministre, et bonne, et vertueuse,
Reçut la jeune fille, et la rendit heureuse.
Par les bienfaits qu'on donne on s'attache aisément ;
Et cette bonne mère, à son dernier moment,
Dit au comte : « Mon fils, voici mon orpheline ;
» Pour femme, dès long-temps, mon cœur te la destine :
» Songe bien que son père était ton bienfaiteur,
» Et crois que ses vertus t'offriront le bonheur. »
Le comte promit tout, et l'amour en silence
A donné plus de prix à la reconnaissance.
Le jour est arrivé : nous sommes tous joyeux !
Vous serez protégé, demeurez en ces lieux.
Le comte vient.....

VERNER.

Voici des papiers, une lettre...

PETTERS.

Mais restez ; c'est à vous, monsieur, à les remettre ;
Un mot dit à propos.....

VERNER.

Il est trop irrité ;
D'ailleurs, je ne sais point cacher la vérité.
Je pourrais démasquer ici plus d'un visage :
L'innocent qu'on accuse est sensible à l'outrage.
En m'éloignant, Petters, je cède à mon devoir.
Le ministre est puissant, Verner est sans espoir ;
Mais s'il avait besoin d'un ami véritable,
Il saurait que mon cœur ne peut être coupable.
Adieu, mon cher ami....

PETTERS.

Monsieur, remettez-vous.

VERNER.

Je l'aimerai toujours, quel que soit son courroux !

SCENE III.

PETTERS, *seul.*

Comme il est mal jugé ! c'est l'usage ordinaire :
L'honnête homme succombe et l'intrigant prospère.
Quand il veut demander, il est si doucereux !
Et quand on le refuse, il est si dangereux !
C'est un caméléon ; en tout temps, à toute heure,
Le passage des grands semble être sa demeure :
On le chasse, il revient ; on l'insulte, il sourit ;
Il menace, on le craint, et tout lui réussit.
J'aperçois.

SCENE IV.

Le Comte DE MELLEFONT. (*Il apporte des papiers.*)
PETTERS.

LE COMTE DE MELLEFONT. (*Il tire sa montre.*)

D'Amélie a-t-on quelque nouvelle ?

PETTERS.

Je ne sais, monseigneur... mais madame est chez elle.

(*avec âme.*)

Monseigneur permet-il à son vieux serviteur
De faire en ce beau jour des vœux pour son bonheur!

LE COMTE.

Je te suis obligé.... j'en accepte l'hommage.

PETTERS.

Ah! le ciel bénira votre heureux mariage.
(*A part.*)
C'est un maître excellent! toujours un mot flatteur:
Je te suis obligé.... cela va droit au cœur,
Cela vous attendrit. (*Il sort.*)

SCENE V.

Le Comte DE MELLEFONT, *seul.*

Enfin, cette journée
Décide de mon sort, change ma destinée!
Mon âme s'abandonne aux charmes de l'amour.
Chère et tendre Amélie, à chaque instant du jour,
Tes vertus, tes talens embelliront ma vie.
Trop souvent l'injustice, et l'orgueil, et l'envie
D'un ministre puissant éloignent le repos!
L'amour allégera mes pénibles travaux.
Contre des ennemis il faut lutter sans cesse.
Au succès de Verner le Prince s'intéresse,
Il le vante, il l'exalte.... En quoi donc cet écrit
A-t-il l'heureux pouvoir de charmer son esprit?
Le voilà, ce discours; partout on le publie;
De ce jeune Verner on vante le génie!

Je ne m'abuse pas, à beaucoup de talent
Il joint une âme ardente, un esprit pénétrant ;
Et s'il arrive au Prince, il peut, à l'instant même,
Jouir auprès de lui de la faveur suprême.
Il a voulu me peindre !.....

(*Il lit.*)

« Esclave d'une erreur,
» Un homme ambitieux ne sent jamais son cœur ;
» Il immole à la fois, et toujours à lui-même,
» Son repos, sa vertu, tous les êtres qu'il aime. »

(*Il rejette le discours, et se lève.*)

Je gouverne, et pourtant mon cœur cède à l'amour !
J'en vais donner, je crois, une preuve en ce jour.
Car je n'ai consulté, dans le nœud qui me lie,
Que l'amour, les vertus de ma chère Amélie.

(*Il voit une lettre sur une table.*)

Au Ministre lui-même...

(*Il lit*)

« Un parti s'élève contre vous.

Il n'est point de repos.
Est-ce donc là le prix de quinze ans de travaux !

SCENE VI.

Le Comte DE MELLEFONT, PETTERS.

LE COMTE.

« Un parti s'élève contre vous au palais ; le Duc de Starem-
» berg en est le chef ; ses principes opposés aux vôtres peu-

» vent le rendre dangereux. On assure qu'il donne sa fille au
» comte Frédéric : il a du crédit au conseil; on redoute pour
» vous cette alliance. Le Prince, qui désormais veut tout voir
» par ses yeux, estime Staremberg et approuve ses pensées. »
Cet avis important alarme ma puissance.

PETTERS.

(*Au Comte, qui ne l'écoute pas.*)

Madame de Volmar attend votre présence.

LE COMTE. (*Il relit sa première lettre*).

Je le vois clairement, ce projet d'union
Elève Frédéric, sert son ambition.

PETTERS.

Madame de Volmar....

LE COMTE.

A la fleur de son âge,
Le jeune souverain croit sortir d'esclavage....
Toutes les passions fermentent à la cour;
Je puis, je le sens bien, perdre tout en un jour.
Il est essentiel de repousser l'orage;
Il faut près du trésor qu'enfin je me dégage.
La caissier général a voulu me servir;
Je veux tout réparer, je veux tout prévenir,
Garder sur ces avis le plus profond silence.
Si je suis engagé pour une somme immense,
Je dois cet embarras aux mœurs des courtisans,
A la fois dangereux, avides, médisans:
Sans les vices du siècle, où tout est mercenaire,
On n'aurait pas ainsi plié mon caractère.

PETTERS.

Je venais annoncer.....

LE COMTE.

Que l'on mande à l'instant
D'Holborn, le chevalier.

PETTERS, *un peu plus vivement.*

Monseigneur, on attend.

LE COMTE.

Qu'ils viennent sans tarder.

PETTERS.

Je suis sur le qui-vive:
Il faut être aussi prompt que sa tête est active.

LE COMTE.

Il est prudent d'agir......

PETTERS.

Les voici tous les deux.

(*A part.*)

Parlez-moi de l'amour d'un homme ambitieux !

SCENE VII.

Le Comte DE MELLEFONT, le Baron D'HOLBORN, AMÉDÉ.

LE COMTE.

Vous venez à propos, tous deux je vous désire.
Sur votre oncle, Amédé, vous avez quelqu'empire,
Vous êtes, je le sais, chéri du Commandeur.

AMÉDÉ, *légèrement.*

Mon oncle a des bontés... c'est qu'il connaît mon cœur.

Ma tendresse pour lui....

LE COMTE.

De ses soins, de son zèle,
Je demande, en ce jour, une preuve nouvelle.

PETTERS, *annonçant.*

Le premier président!

LE COMTE.

Le premier président!
(*Au Chevalier.*)
Je vais le recevoir. Vous êtes jeune, ardent;
Votre nom, cher au prince, est cher à la patrie.
Vous devez la servir, illustrer votre vie.
(*Il sort.*)

SCENE VIII.

D'HOLBORN, le Chevalier AMÉDÉ.

D'HOLBORN.

Il a besoin de nous, on n'en peut plus douter,
Et de notre crédit nous devons profiter.

AMÉDÉ.

Je suis, d'honneur, charmé de ma vaste puissance.

D'HOLBORN.

Un étourdi, souvent, en a plus qu'on ne pense.
Ton oncle, mon ami, notre cher commandeur,
Allemand prononcé, bien bourru, bien grondeur,
N'est-il pas, tous les jours, dupe de ta folie?

AMÉDÉ.

Le cher oncle a le spleen, et mon étourderie,
Mon luxe, mes amours, mes charmantes erreurs,
En l'irritant un peu, dissipent ses vapeurs.

D'HOLBORN.

Quoi qu'il en soit, le comte attend un bon office;
Mais je veux qu'un grand prix acquitte un tel service.
De ton côté, tu dois me servir en retour.

AMÉDÉ.

Qu'exiges-tu, baron?

D'HOLBORN.

Tu connais mon amour.
Dans ce cœur il existe encor quelqu'espérance:
L'amour-propre irrité fait naître la vengeance.

AMÉDÉ.

Ne t'abuses-tu pas? Le comte est amoureux;
Il épouse aujourd'hui l'objet de tous ses vœux.

D'HOLBORN.

Je ne renonce pas à la main d'Amélie.
Vas! pour servir l'amour, notre âme a du génie.

AMÉDÉ.

Il te convient, mon cher, d'oublier à jamais
Son esprit si vanté, ses vertus, ses attraits.

D'HOLBORN.

L'oublier, Amédé! non, mon ami, j'espère....
Le ministre avant tout tient à son ministère.
Il est ambitieux; en cette occasion,
Je veux contre l'amour armer l'ambition.

Ces passions en lui se combattent sans cesse.
L'amour lui paraîtra bientôt une faiblesse.
Le duc de Staremberg est en grande faveur,
Aimé du souverain, très-puissant protecteur.

AMÉDÉ.

Sans doute, il peut beaucoup; son crédit est immense;
Et pour tous ses amis, d'une grande importance.

D'HOLBORN.

Il doit donner sa fille à l'homme de la cour,
Qui sait le mieux juger ce dangereux séjour,
Au comte Frédéric : perfide avec adresse,
Ennemi du ministre, il l'attaque sans cesse.

AMÉDÉ.

Pour lui ce mariage offre quelque danger.

D'HOLBORN.

On agit près du prince... Un mot peut tout changer.
Si ce mot était dit?...

AMÉDÉ.

Oui, je crois te comprendre.

D'HOLBORN.

Le ministre, du duc à l'instant devient gendre;
Quels que soient ses sermens, avant la fin du jour,
L'ambition triomphe aux dépens de l'amour.

AMÉDÉ.

De ton vaste dessein que j'aperçois d'avance,
Des succès éclatans seront la conséquence.

D'HOLBORN.

Le comte jouira d'une grande faveur ;
Tu seras, mon ami, bientôt ambassadeur.
Amélie un instant versera quelques larmes,
Et moi, de l'amitié j'emprunterai les charmes ;
Je concilierai tout, je les rapprocherai ;
Ils resteront amis ; enfin, j'épouserai ;
Et ferai le bonheur d'une femme adorable.

AMÉDÉ.

Oui, d'embellir ses jours, je te crois très-capable.

D'HOLBORN.

Que Mellefont soit duc, ministre, à tout jamais,
Que le prince, en un mot, l'accable de bienfaits,
A le servir toujours, Amédé, je m'engage.
Mais je veux à tout prix rompre ce mariage.
Essuyer un refus et voir le comte heureux,
Pour l'âme de d'Holborn est un supplice affreux.
S'il l'emporte, j'éprouve une haine implacable ;
La jalousie, enfin, peut me rendre coupable.

AMÉDÉ.

La baronne, dis-moi, n'a donc pas ton amour ?

D'HOLBORN.

Elle sert mes desseins, et je lui fais la cour :
Avec toi, mon ami, librement je m'explique ;
Tous mes soins empressés sont pure politique.
Elle a pour grand ami le grave commandeur ;
Je crois même, entre nous, qu'elle agite son cœur :

Le prince, dès long-temps, l'aime, le considère,
Admire, c'est le mot, son noble caractère;
Il obtient ce qu'il veut; alors, par ricochet,
La baronne devient utile à mon projet.

AMÉDÉ.

Elle a beaucoup d'esprit.

D'HOLBORN.

On la trouve piquante,
Ses nombreux partisans disent qu'elle est charmante.
On vante sa finesse et sa vivacité,
Son ton assez railleur, toujours plein de gaîté;
Elle agit, elle intrigue et me sert à miracle;
Je suis son esprit fort, en un mot, son oracle.
De ces femmes, mon cher, je fais un très-grand cas;
Mais un homme prudent ne les épouse pas.
Le ministre paraît, chut : le plus grand silence;
Je t'expliquerai tout; agis avec prudence;
La nièce du ministre est le prix de tes soins.

SCÈNE IX.

Le Comte DE MELLEFONT, D'HOLBORN, AMÉDÉ.

LE COMTE DE MELLEFONT.

Avec empressement, messieurs, je vous rejoins;
Votre oncle, en ce moment, me devient nécessaire,
Et vous pouvez par lui servir le ministère.

AMÉDÉ.

Vous obéir, toujours est mon premier devoir.

LE COMTE.

Il a sur Staremberg un assez grand pouvoir;
Je veux qu'il rétablisse entre nous l'harmonie.
Nous sommes le jouet de quelque perfidie.
J'estime Staremberg, et je ne conçois pas
Ce qui peut chaque jour susciter nos débats.

AMÉDÉ.

Mon oncle, au premier mot, chez le duc va se rendre;
Vous parviendrez alors tous deux à vous entendre.

LE COMTE.

Voyez-le dans l'instant, qu'il se rende au palais!
Il peut nous épargner à tous deux des regrets.

(*En lui serrant la main.*)

Je vous remercîrai bientôt de cet office.

AMÉDÉ.

Mon oncle est trop heureux de vous rendre service;
Comte, pour son neveu c'est un titre d'honneur....

D'HOLBORN, *bas à Amédé.*

(*En sortant.*)

Sois prudent! il s'agit du rang d'ambassadeur...

SCÈNE X.

Le Comte DE MELLEFONT, le Baron D'HOLBORN.

LE COMTE.

Vous me voyez, baron, l'âme préoccupée,
De tout ce que j'apprends elle est vraiment frappée.
Des avis assez sûrs m'informent tour à tour
Que contre moi déjà l'on intrigue à la cour.
Le premier président, homme plein de prudence,
De ces mêmes avis me donne l'assurance.
Le duc de Staremberg, je ne sais trop pourquoi,
N'est plus mon partisan, s'élève contre moi.
A mon grand détracteur il accorde sa fille,
Le comte Frédéric entre dans sa famille.

D'HOLBORN.

Je crains cette union; il faudrait l'empêcher,
Agir; de Staremberg, enfin, vous rapprocher :
Bientôt vous seriez duc, je puis vous le prédire,
Si ses amis et lui ne cherchaient à nous nuire;
L'affreuse perfidie a de cruels effets;
Comme elle agit dans l'ombre, elle obtient du succès.

LE COMTE.

Il faut voir Staremberg; sachez avec adresse,
L'entourer, le flatter, caresser sa faiblesse.

D'HOLBORN.

J'ai déjà préparé ce raccommodement,
Parlé de Frédéric assez adroitement;

On pourra déranger ce projet d'alliance.
Il est plus d'un moyen de garder la puissance :
Je veux que des écrits, avec art répandus,
Parlent de vos talens, de vos nobles vertus,
De l'élévation de votre caractère.
Je me suis entouré, dans l'espoir de vous plaire,
De beaucoup d'écrivains.....

LE COMTE.

Choisissez les auteurs
Dont le talent toujours s'allie avec les mœurs.
Un ministre reçoit souvent son plus beau lustre
De l'homme distingué, de l'écrivain illustre,
Dont la plume, avec art, disant la vérité,
Offre un tableau parlant à la postérité;
Et même, sous nos yeux, une plume éloquente
Captive le lecteur, le subjugue, l'enchante.
D'un homme qui gouverne, alors quel est l'appui!
La critique se tait et l'éloge est pour lui.

D'HOLBORN.

Protecteur des talens, vous aurez leur suffrage.

LE COMTE.

Je remplis mon devoir quand je les encourage.
Le prix qu'on en obtient est toujours glorieux ;
Mais il est des méchans, il est des envieux.
On le voit trop souvent dans le siècle où nous sommes,
L'effronté libelliste attaque tous les hommes ;
Le trait est-il lancé? quel que soit son auteur,
Il fait rapidement une plaie à l'honneur,

Et l'homme vertueux, délicat, magnanime,
Perdrait tout, s'il n'avait pour lui sa propre estime.

SCENE XI.

D'HOLBORN, LA BARONNE, le Comte DE MELLEFONT.

LA COMTESSE, *très-gaîment.*

Mon cher comte, de moi vous serez enchanté,
Oui, vous serez ravi de ma docilité.
Vous m'accusez souvent d'un peu d'indifférence;
Je manque, dites-vous, de soins, de prévenance,
Pour celle que l'hymen va me donner pour sœur.
Mais j'ai tout réparé, fiez-vous à mon cœur.
Je viens de visiter votre chère Amélie;
Nous sommes à merveille; elle est vraiment jolie!
Vous avez fait un choix... (Ah! c'est vous, cher baron!)

(*D'Holborn salue.*)

Vous avez fait un choix plein de goût, de raison;
Tout prouve que vers elle un penchant vous entraîne.

LE COMTE.

Oui, l'hymen va m'unir de la plus douce chaîne.

LA BARONNE.

Je lui voudrais, mon frère, un peu plus de gaîté,
Cet esprit, ce grand ton, cette amabilité,
Qui, soit dit entre nous, est utile aux grands hommes.
Vous me direz: Songez dans quel siècle nous sommes!

Mais je vous répondrai qu'en tous temps, en tous lieux,
Le crédit d'un ministre est souvent dans nos yeux.

D'HOLBORN.

Votre sexe, madame, exerce un grand empire.

LA BARONNE.

S'il ne sait ordonner, il sait très-bien séduire.

D'HOLBORN.

Sans les femmes, la vie aurait bien peu d'attraits;
Pour vous intéresser, nous cherchons des succès.

LE COMTE.

Quand le cœur est épris, je l'éprouve moi-même,
On désire honorer, élever ce qu'on aime.

LA BARONNE.

Mais vous pouviez choisir... Il n'est pas un seigneur
Qui n'offrît à vos vœux....

LE COMTE.

Y songez-vous, ma sœur?
Choisit-on quand on aime! Ah! j'adore Amélie!

LA BARONNE.

Épousez-la, mon frère, et j'en serai ravie.

LE COMTE.

A propos, j'oubliais; mon frère est de retour;
Nous pourrons l'embrasser avant la fin du jour.

LA BARONNE.

Il vous blâmait sans cesse avant son grand voyage.

LE COMTE.

Entre nous, l'amitié ne craint aucun nuage.

D'HOLBORN.

On le dit singulier.

LE COMTE.

Son cœur est excellent....

(*A D'Holborn.*)

Mais allez chez le duc, et sans perdre de temps,
Voyez tous nos amis!... Que chacun en silence
S'occupe à déranger ce projet d'alliance.

(*A la Baronne*).

Près du Prince, au conseil, à la ville, à la cour,
Staremberg, Frédéric, me nuisent tour à tour.

D'HOLBORN.

Il faut les diviser.

LA BARONNE.

Ils le seront, mon frère,
Je m'en charge; on verra ce que l'esprit peut faire.

D'HOLBORN.

Le discours de Verner attache tous les yeux,
Il offre un grand prétexte à tous vos envieux.

LA BARONNE.

Il fait le philosophe! Aujourd'hui, c'est l'usage,
Dites-vous philosophe, on vous prend pour un sage.
Par tous nos écrivains, faites secrètement
Des savans de Weymar blâmer le jugement.

LE COMTE.

Attaquer des savans; toute une académie!
Il faudrait disputer le reste de ma vie.

D'HOLBORN.

Il convient d'éloigner ce Verner de ces lieux.

LE COMTE, *froidement.*

J'estime ses parens, et par respect pour eux,
J'ai le projet, ma sœur, de l'envoyer en France.
Oui, Verner doit partir en toute diligence;
N'oubliez pas surtout de voir le commandeur.

LA BARONNE.

Nous ne nous quittons pas, c'est mon ami de cœur.
Ce soir je donne un bal; j'ai plus d'un politique;
Je prétends sur Verner diriger ma critique ;
J'ose vous assurer qu'avant très-peu de jours,
Un souverain mépris couvrira ce discours !

LE COMTE.

Je ne prononce point comme fait le caprice.
Verner a du talent, et je lui rends justice ;
Mais peindre sous les traits d'un homme ambitieux
Son propre bienfaiteur ; ce trait est odieux :
Malheur à l'écrivain qui, froidement sévère,
Pour le plus beau laurier, souille son caractère,
Qui, toujours étranger à la voix de l'honneur,
Ne trouvant jamais rien dans le fond de son cœur,
Immole par orgueil, avec toute licence,
Les augustes devoirs de la reconnaissance !

FIN DU PREMIER ACTE.

ACTE II.

SCENE PREMIERE.

LA BARONNE, le Baron D'HOLBORN.

LA BARONNE.

J'aurai bientôt chez moi brillante compagnie.

D'HOLBORN.

Tout à la fois utile et finement choisie.

LA BARONNE.

J'ai suivi vos conseils ; je ne reçois jamais
Que ceux qui près du prince ont un facile accès.
Vous m'avez convaincue, et je vous remercie.
Quoique vive, légère et souvent étourdie,
De mon sexe aujourd'hui je connais le pouvoir.

D'HOLBORN.

Pour régner en tous lieux, il n'a qu'à le vouloir.
Il peut facilement être utile ou bien nuire,
Arranger, ordonner, ou créer ou détruire.

LA BARONNE.

Je ne nuirai jamais ; mais, soit dit entre nous,
De protéger souvent mon esprit est jaloux.

Je m'en tire assez bien ; je vois déjà qu'on m'aime.

D'HOLBORN.

C'est fort bien, vous pensez vraiment comme moi-même ;
Mais il faut qu'on vous craigne. Oh! c'est bien important:
J'entends que votre esprit soit très-vif, très-piquant.

LA BARONNE, *vivement*.

Mais sans méchanceté.

D'HOLBORN.

Non, de la raillerie ;
On la craint et ce n'est qu'une plaisanterie :
Je viens de recevoir, en sortant, un billet ;
On me dit qu'à la cour tout s'arrange en secret.
Le duc de Staremberg penche pour votre frère ;
Il a déjà vanté son noble caractère,
Ses rares qualités, ses vertus, son talent.

LA BARONNE.

Si tout peut s'arranger et d'après votre plan,
Que deviendra, baron, cette pauvre Amélie ?

D'HOLBORN.

Le comte ne peut pas faire cette folie.

LA BARONNE.

Je connais vos raisons, et vous entends très-bien.
Mais je fus son amie, et c'est presqu'un lien ;
Je détruis son bonheur; oui, j'ai quelque scrupule.
Vous riez? Cependant....

D'HOLBORN.

Bon Dieu! quel ridicule!

Ne faut-il pas d'abord sauver sa dignité,
Sa fortune, son rang et son autorité,
Puis la faveur du Prince ?

LA BARONNE.

Ah! le comte lui-même
Pourrait bien m'accuser.... Il est fou, mais il aime.

D'HOLBORN.

Un homme ambitieux et qui vit à la cour
Peut former un désir ; mais connaît-il l'amour ?
Penser différemment, c'est aller terre à terre,
C'est se créer, madame, une petite sphère.

LA BARONNE, *vivement frappée.*

Et si je vous épouse?

D'HOLBORN, *frappé de même.*

Oh! c'est bien différent!...

LA BARONNE.

Vous parlez de l'amour assez légèrement.

D'HOLBORN, *vivement.*

Songez que cet amour et m'élève et m'honore:
Chacun sait en tous lieux que mon cœur vous adore,
Je le dis hautement, je proclame mes vœux;
Cette heureuse union nous présente à tous deux
Même rang au palais, des bienfaits et des grâces:
A vos soins je devrai les plus brillantes places.

LA BARONNE.

A mes soins?.....

D'HOLBORN.

Votre sœur devient dame d'honneur,
Et vous dame d'atours, et toujours la faveur....

LA BARONNE.

Vraiment? dame d'atours, j'accepte ce présage.
C'est souvent, je le sais, un bien grand esclavage;
Mais enfin, on n'est pas constamment à la cour;
Pour s'en dédommager, on trouve, à son retour,
Mille solliciteurs dont la foule s'empresse :
Oh! je les reçois tous, à tous je m'intéresse;
Je promets, car c'est faire un moment des heureux;
Et s'il faut éprouver, pour contenter leurs vœux,
De ma chère princesse, un reproche, un caprice,
Au plaisir d'obliger je fais ce sacrifice.

D'HOLBORN.

Aux charmes de l'esprit, et c'est pour mon bonheur,
Madame, vous joignez les qualités du cœur.

LA BARONNE.

Il est de mon devoir d'aller chez Amélie;
Je vous le dis encore, elle fut mon amie.
Je viens d'agir contre elle... ah! j'éprouve un regret.

D'HOLBORN.

Votre frère est perdu, si cet hymen se fait;
S'il n'est pas soutenu par un grand mariage,
De toute part, madame, éclatera l'orage:
Dans un ambitieux l'amour ne peut durer,
L'ambition l'emporte et doit le dévorer.

C'est une passion qui toujours le domine;
« Cet amour, dira-t-il, a causé ma ruine :
» Je l'abjure à jamais, son nom me fait horreur. »

LA BARONNE.

O ciel! vous m'effrayez!

D'HOLBORN.

Je juge bien son cœur...
Je désire empêcher.....

LA BARONNE.

Ah! je vous rends justice.

D'HOLBORN.

Amélie est, madame, au bord d'un précipice;
Nous la sauvons tous deux; c'est en avoir pitié!

LA BARONNE.

Je vois tout ce qu'en vous peut faire l'amitié!

D'HOLBORN.

Mais le comte paraît; songez surtout, madame,
Que servir votre frère est le but de mon âme.

SCÈNE II.

Le comte de MELLEFONT, la BARONNE, D'HOLBORN.

LE COMTE, *à D'Holborn.*

Je vous trouve à propos : je reçois à l'instant
Du caissier général un avis important.
J'ignorais qu'il m'eût fait une si grande avance,
Que sa position, en cette circonstance,

Dût le glacer d'effroi! D'Holborn, il faut agir,
Engager tous mes biens et tout mon avenir :
C'est un devoir sacré, non point un sacrifice :
J'attends de vous enfin ce signalé service ;
Il est essentiel, il y va de l'honneur.
Je redoute le nom de dilapidateur ;
Il imprime sur nous une tache éternelle.
Courez, volez, D'Holborn, prouvez-moi votre zèle.

D'HOLBORN, *avec une exclamation perfide.*

Sans votre mariage !....

LE COMTE.

Eh bien ! expliquez-vous.

D'HOLBORN *veut parler, se retient, et avec finesse :*

Comte, je vais agir : en dépit des jaloux,
Vous resterez ministre, et par votre génie,
Vous servirez toujours le prince et la patrie.

(*Il sort vivement.*)

SCÈNE III.

Le Comte DE MELLEFONT, LA BARONNE.

LA BARONNE.

Vous m'alarmez, mon frère ! est-il quelque danger ?

LE COMTE.

Non, D'Holborn est instruit, et tout va s'arranger.
Il ne faut que du temps : en cette circonstance
Je craignais de manquer, ma sœur, de prévoyance.

Puis, le jour d'un hymen, quand tout est arrêté !...
Mais rien ne doit troubler votre aimable gaîté.

LA BARONNE, *avec beaucoup de gaîté.*

Je viens de parcourir et la cour et la ville,
Et je me suis conduite en politique habile.
Mon frère, vous aurez de puissans protecteurs ;
A nos vieux courtisans et jaloux et grondeurs,
Je fais de leur adresse un beau panégyrique ;
J'élève tout frondeur au rang de politique ;
Je persuade aux sots qu'ils ont beaucoup d'esprit ;
A l'homme dédaigné, qu'il doit être en crédit ;
Au fat, au courtisan, qu'il a le don de plaire.
J'exalte des catons le grave caractère ;
Le philosophe même, esclave de l'orgueil,
Ne résiste jamais aux charmes d'un coup-d'œil.
C'est ainsi qu'un peu d'art enchaîne dans la vie
La sottise, l'orgueil, l'esprit et la folie.

LE COMTE.

A merveille ! ma sœur.

LA BARONNE.

J'ai vu les importans,
On pourrait s'amuser, mon frère, à leurs dépens ;
Mais ils sont tous pour vous, le nombre en est immense.
De la mouche du coche ils ont la suffisance ;
Ce sont de bonnes gens, mais pourtant dangereux :
Ils agitent la tête, et les sots sont pour eux.
Dans leur cercle, mon frère, entourée et pressée,
Vraiment, je me trouvais assez embarrassée.

Ils me demandaient tous votre protection :
On n'oblige jamais que par ambition ;
Et moi, j'ai tout promis, car j'ai de la prudence :
Dans les cerles, partout il faut qu'on vous encense.
Aux importans du jour donnez un peu d'espoir,
Aussitôt dans leurs mains s'agite l'encensoir ;
Vous le savez, ce monde est une comédie.

LE COMTE, *assez gaîment.*

Où vous représentez à ravir la folie.

LA BARONNE.

Pour réussir, mon frère, en toute occasion,
La gaîté vaut souvent bien mieux que la raison!
Et quand, d'être française, on s'est fait une étude ;
D'avoir le ton, l'esprit, et qu'on a l'habitude
De causer politique avec légèreté,
D'être sentimentale avec vivacité,
Et de parler sur tout! on a de l'influence :
Les hommes sont toujours plus faibles qu'on ne pense.

SCENE IV.

SARA, LA BARONNE, D'HERMAN, LE COMTE, PETTERS.

SARA.

Quelqu'un vient d'arriver, qui comble notre espoir.
Mon oncle est en ces lieux, oui, je viens de le voir ;
Avec empressement j'accours pour vous l'apprendre,
Quelle bonne nouvelle! elle doit vous surprendre.

D'HERMAN.

Je revois à la fin et mon frère et ma sœur,
Et ma chère Sara que désirait mon cœur.

SARA.

Mon bon oncle, c'est vous!

D'HERMAN.

Oh! comme elle est jolie!
Tout en elle est charmant! il faut qu'on la marie.

SARA.

Quand vous voudrez, mon oncle; aujourd'hui j'ai seize ans.

LE COMTE.

Mais vous aimez, mon frère, à surprendre les gens?

D'HERMAN.

Un marin n'est jamais le maître de lui-même;
La boussole à la main, il cherche ce qu'il aime...

LA BARONNE.

Sur la carte souvent nous vous cherchions aussi.

D'HERMAN.

Ah! c'est le bon Petters!... Petters est un ami!
Et le jeune Verner!...

LE COMTE, *froidement.*

Dites-lui de descendre.

D'HERMAN.

Tu parles durement, j'ai peine à te comprendre.

(*Il prend la main de Petters.*)

Notre père l'aimait.

PETTERS, *salue.*

Monsieur...

D'HERMAN.

J'en fais l'aveu.

PETTERS, *à part.*

Messieurs les intrigans, vous n'aurez pas beau jeu.

(*Petters sort.*)

SCENE V.

LES PRÉCÉDENS, *moins* PETTERS, le Comte DE MELLEFONT.

LE COMTE.

Vous avez fait, mon frère, un éternel voyage.

LA BARONNE.

Rester trois ans sur mer! c'est avoir du courage.

SARA.

Mon cher oncle jouit d'une bonne santé?

D'HERMAN.

Excellente.

LA BARONNE.

Et mon frère a toujours sa gaîté?

LE COMTE.

Mon frère, avez-vous fait de grandes découvertes?
Placé nos étendards sur des îles désertes?
Au commerce assuré mille trésors divers?

D'HERMAN.

Non, mais je suis content; dans quelques lieux déserts
J'ai prodigué les dons que le ciel multiplie;
Partout où j'ai cru voir la nature endormie,

Mes mains l'ont réveillée en creusant des sillons;
L'insulaire pourra recueillir des moissons,
Et préparer de loin une grande abondance :
J'ai semé près de lui le grain de l'espérance.

LE COMTE.

Vous ne partirez plus?

SARA.

Nous vous en prions tous.

LA BARONNE.

Vous me grondez toujours, et j'ai besoin de vous.

D'HERMAN.

En vain, loin de ces lieux, le plus beau soleil brille;
Je l'aime mieux plus sombre au sein de ma famille.
Mais, félicitez-moi de mon heureux retour,
Car j'arrive à propos pour célébrer ce jour.
Sara m'a tout conté; mon frère se marie,
Et je l'en felicite; il épouse Amélie :
Je suis impatient, mon ami, de la voir.

LE COMTE.

Mon frère, elle pourra bientôt nous recevoir.
Vous n'imaginez pas combien elle m'est chère!

D'HERMAN.

Je n'ai pas oublié les vertus de son père.
Ton cœur t'a bien servi, ce choix est excellent.

SCENE VI.

SARA, LA BARONNE, D'HERMAN, VERNER, le Comte DE MELLEFONT, PETTERS.

VERNER, *avec empressement.*

Vous arrivez, Monsieur?

D'HERMAN.

Mon ami, dans l'instant.

(*Verner s'approche pour l'embrasser, puis il est timide.*)

Mais viens donc m'embrasser....

VERNER.

Monsieur, votre présence
Etait bien désirée, et ma reconnaissance....

D'HERMAN.

Cher Verner, je te dois un récit douloureux;
Ton oncle de New-Yorck vient de fermer les yeux.

VERNER.

Ciel! mon oncle n'est plus!....

D'HERMAN.

Tu connaissais son âge;

(*En lui remettant un portefeuille.*)

Je t'apporte, Verner, son immense héritage,
Le fruit de ses travaux et de son amitié.
A ses derniers momens il n'a pas oublié
Qu'il eut toujours pour toi la tendresse d'un père;
Je suis son interprète et son dépositaire.

Il était délicat, sensible, généreux ;
Honore sa mémoire en faisant des heureux !

VERNER.

Je la respecterai, je lui serai fidèle ;
Sa conduite à jamais doit m'offrir un modèle ;
On pourra méconnaître et mal juger mon cœur,
Mais il honorera toujours son bienfaiteur.

LE COMTE.

Préparez les papiers qui sont du ministère.

VERNER.

Je sais que vous prenez un nouveau secrétaire ;
J'ai prévenu vos vœux et le travail est prêt.

SARA, *avec attendrissement.*

Monsieur Verner s'en va !...

D'HERMAN.

Quel en est le sujet?

VERNER.

Vous m'ôtez le bienfait de votre confiance,
Mais je suis enchaîné par la reconnaissance.

LA BARONNE.

Pourquoi ces pleurs, Sara?

SARA.

J'étais presque sa sœur.

D'HERMAN.

Que se passe-t-il donc?

LE COMTE.

Monsieur est dans l'erreur.

En France j'ai besoin d'un agent sûr, fidèle;
Sur l'heure il doit partir; je compte sur son zèle.

LA BARONNE.

C'est très-heureux pour lui: les Français sont charmans,
Aimables, pleins d'esprit, empressés et galans;
A notre seul aspect s'électrisent leurs âmes:
La France me ravit, c'est le séjour des femmes!

D'HERMAN.

Mais il s'occupera d'objets plus importans:
De former son esprit, d'acquérir des talens.
J'avais conçu de lui la plus haute espérance.

VERNER.

J'ai suivi vos leçons.

D'HERMAN.

Comment va l'éloquence?

SARA.

Monsieur vient d'obtenir un prix très-glorieux.

LA BARONNE, *en raillant.*

Donné par des savans!....

D'HERMAN.

Oh! je suis curieux!...

VERNER.

C'est un premier essai....

LE COMTE.

Ce sont des prix d'usage....

SARA, *vivement.*

Que l'on donne toujours au talent de l'ouvrage.

(*Elle voit le discours sur le bureau.*)

Mais voici ce discours.

VERNER, *à part.*

Je lui dois mon malheur!

LA BARONNE

Le superbe triomphe!...

D'HERMAN, *en regardant le comte.*

Il nous fait quelque honneur.
C'est sur l'ambition. Ah! belle est la matière!
On peut se promener dans sa vaste carrière;
Elle égare l'esprit, elle abuse le cœur,
Et de l'ambitieux fait toujours le malheur.

SARA.

Mon oncle, de monsieur on fait partout l'éloge.

LE COMTE.

Pour répondre, attendez que l'on vous interroge.

D'HERMAN.

Le Prince, mon ami, te comble de faveurs.
(*En raillant.*)
Et ma sœur est toujours au rang des grands penseurs?

LA BARONNE.

Je sens la raillerie.... Oui, pour être parfaite,
Une femme doit vivre au sein de la retraite,
Végéter tristement, sans nulle ambition;
A vous seul appartient la domination,
Et dans la gravité se trouve le génie!
La pensée est en nous une vive saillie,
Un trait rapide et prompt qui part à volonté;
Il frappe et disparaît par sa légèreté:

Nous n'en sommes pas moins philosophes, poëtes,
Politiques profonds, et tout ce que vous êtes.

D'HERMAN, *en raillant.*

Le ciel vous accorda les dons les plus heureux!

LA BARONNE.

Mais nous perdons ici des momens précieux.
Je dois avoir chez moi brillante compagnie;
Entraîné par le cœur, chacun se multiplie.

LE COMTE.

Avec vous couleront nos instans les plus doux.
De petits comités nous réuniront tous;
Les grands cercles n'ont pas de charmes pour mon frère,
Et nous serons toujours enchantés de lui plaire.
Je vous quitte un instant; je me rends à la cour,
Mais je vous donnerai tout le reste du jour.

SCENE VII.

D'HERMAN, VERNER, PETTERS.

D'HERMAN.

J'arrive, et l'on me quitte!... A mon premier voyage,
Je te fuis pour jamais... si j'en ai le courage;
Pour l'embrasser plutôt, j'ai passé jour et nuit;
Voilà ma récompense, il me voit et s'enfuit!

VERNER.

Vous me trouvez, monsieur, et sans être coupable,
Dans un chagrin profond; votre frère m'accable,
M'ôte sa confiance; il doute de mon cœur:
Mais je tiens à celui qui fut mon protecteur.

On épuise en ces lieux la fausseté, l'intrigue ;
Pour tromper le ministre, ici chacun se ligue.
Puis-je quitter ces lieux, quand je crains un éclat !
Il fut mon bienfaiteur, je ne suis pas ingrat.

D'HERMAN.

Quand tu crains un éclat ! Parle, que veux-tu dire ?

VERNER.

Oui, pour perdre le comte, on s'agite, on conspire.
Peut-être j'en crois trop un vain pressentiment,
Mais pour lui je redoute un grand événement,
Et cherche à découvrir d'où peut naître l'orage !
On blâme le ministre, on l'accuse, on l'outrage ;
Les services rendus s'effacent dans les cœurs ;
Je vois des ennemis dans ses plus grands flatteurs ;
Mais, pour m'en assurer, je veux avec adresse
Suivre des courtisans qui le trompent sans cesse ;
L'homme d'Etat m'éloigne, il doit être obéi :
Mais du comte, monsieur, je suis toujours l'ami ;
Rien ne peut m'empêcher de chérir votre frère.

D'HERMAN.

Je vois qu'il peut compter sur un ami sincère,
Empressé, délicat, sur un cœur généreux.
Je vais dans le salon juger tout par mes yeux.

VERNER.

Et moi, je vais trouver des hommes respectables,
Par le comte oubliés ; des amis véritables ;
De tout ce qui se passe ils doivent m'avertir.
Il peut me repousser, mais je cours le servir.

FIN DU DEUXIÈME ACTE.

ACTE III.

SCENE PREMIERE.

AMÉLIE, le Baron D'HOLBORN.

AMÉLIE.

Oui, monsieur le baron, j'éprouve des alarmes,
De mes yeux, malgré moi, s'échappent quelques larmes;
J'ai besoin de vous voir, de vous ouvrir mon cœur;
Celle qui, dans ce jour, doit devenir ma sœur,
Paraît ne plus m'aimer; elle fuit ma présence,
Mon cœur est accablé de son indifférence.
Vous êtes son ami, qui peut donc la changer?

D'HOLBORN.

Il faut en convenir, elle a l'esprit léger;
Je pourrais accuser aussi son caractère,
Il est ambitieux, c'est celui de son frère;
Et cette passion, que je blâme toujours,
Des plus doux sentimens peut arrêter le cours.

AMÉLIE.

Vous venez de porter le trouble dans mon âme.

D'HOLBORN.

Mais je lui parlerai; comptez sur moi, madame.

AMÉLIE.

Sans doute ici quelqu'un nuit à nos intérêts :
De la division j'aperçois les progrès.

D'HOLBORN.

Les hommes sont méchans !

AMÉLIE.

Verner, dès son enfance,
Au comte est attaché par la reconnaissance ;
Je ne puis supposer que Verner soit ingrat.

D'HOLBORN.

S'il m'avait consulté !...

AMÉLIE.

Pourquoi ce grand éclat ?
Il chérit Mellefont ; plein de délicatesse,
Il aspirait encore à la main de sa nièce ;
Aurait-il pu trahir, au mépris de son cœur,
L'oncle de ce qu'il aime, enfin son protecteur ?
Que ce jour, où se doit signer mon mariage,
Brille à nos yeux sans crainte, et soit exempt d'orage.
Vous êtes bon, monsieur, sensible, généreux ;
Peut-être pourrez-vous les rapprocher tous deux ;
Vous aurez, en ce jour, j'en conçois l'espérance,
D'un conciliateur la douce jouissance.

D'HOLBORN.

J'y ferai mes efforts.

AMÉLIE.

Je ne sais pas pourquoi,
Certain pressentiment me trouble malgré moi.

Par la crainte aujourd'hui mon âme est oppressée;
Le comte seul occupe et charme ma pensée :
J'estime en lui, monsieur, ses vertus, sa bonté,
Son cœur à toute épreuve et sa sincérité,
Son caractère noble à la fois et sublime.

D'HOLBORN, *avec finesse.*

Toutes ces qualités donnent droit à l'estime;
Mais est-ce bien l'amour qui guide votre cœur?
Sans amour, dans l'hymen, il n'est point de bonheur.
Je crains....

AMÉLIE, *avec âme.*

J'aime le comte avec idolâtrie;
Je tiens à lui, monsieur, beaucoup plus qu'à la vie.
Moi, qui voudrais combler et prévenir ses vœux,
Je vois l'ambition le rendre malheureux;
Elle trouble sa vie. Oui, le comte est sans cesse,
Même en parlant d'amour, accablé de tristesse.
Vous êtes son ami, nous devons nous unir
Pour préparer au comte un plus doux avenir.
Arrachez-le, monsieur, à son désir de gloire:
A vos soins je devrai la plus belle victoire.
En moi vous trouverez un cœur reconnaissant.

D'HOLBORN, *avec perfidie.*

Ah! de l'ambition, l'empire est bien puissant,
Et toujours dangereux; il subjugue, il entraîne!
L'homme n'est qu'un esclave accablé de sa chaîne;
Le comte est cet esclave; il serait trop heureux
De suivre vos désirs, de céder à vos vœux.

Je fais ce que je puis, je vous le dis, madame,
Pour calmer chaque jour les transports de son âme.
Je connais l'amitié, j'en remplis le devoir.

AMÉLIE.

Dans votre affection je mets tout mon espoir.

D'HOLBORN.

Pour être bon époux, ici, je dois le dire,
Il faut que l'amour seul sur nous ait de l'empire;
Notre âme n'a jamais plus d'une passion,
L'un est ivre d'amour, l'autre d'ambition.

AMÉLIE.

Je possède son cœur.

D'HOLBORN.

Il est sincère, tendre;
Quand il parle de vous, je me plais à l'entendre.

(*Avec transport.*)

Mais, madame, l'amour, dont l'immortel flambeau
Brûle dans notre sein d'un feu toujours nouveau,
D'une flamme toujours et si vive et si pure,
Cet amour qui, pour nous, embellit la nature,
Tel que je le conçois pour faire le bonheur,
Occupe tous nos jours,.... tyrannise le cœur;
Et s'il n'est tout entier à la femme qu'on aime....
Pardonnez ces transports..., je vous parais extrême,
Mais je crains... Sans amour, l'hymen est un tourment.

SCENE II.

AMÉLIE, D'HOLBORN, PETTERS.

PETTERS.

La parure de noce.... arrive en ce moment.

AMÉLIE.

(*Froidement.*) (*Au Baron.*)

Fort bien! Je vais la voir.... Je connais votre zèle;
Soyez pour Mellefont un ami sûr, fidèle....
Vous m'avez attristée, et mes sens sont émus :
De rapprocher les cœurs, je ne vous presse plus.
Vous remplirez, monsieur, toute mon espérance.

D'HOLBORN.

Vous m'honorez beaucoup par cette confiance.
Je vais chercher le comte, à l'instant même agir
Au gré de mes souhaits et de votre désir.

(*Ils sortent par différens côtés.*)

SCENE III.

PETTERS, *seul.*

Il lui parle en secret; à qui prétend-il nuire?
Je crois tout deviner, et je n'ose rien dire;
Quand je crois le tenir, il échappe toujours;
Parle-t-il ? si j'arrive, il change de discours:
A force d'épier, je parviendrai peut-être
A démasquer un fourbe, à le faire connaître.

SCÈNE IV.

PETTERS, le Comte DE MELLEFONT.

(*Le Comte est troublé, il donne son épée et son chapeau.*)

LE COMTE.

Pour la première fois, et malgré mon espoir,
Le Prince est occupé, refuse de me voir.
Le duc de Staremberg lui parle en confidence;
Il l'emporte sur moi dans cette circonstance!
On prépare peut-être un grand événement.

PETTERS, *à part.*

Il est seul, et je veux profiter du moment,
Lui parler de Verner.

LE COMTE, *qui réfléchit.*

Perdre le ministère !..
Perdre le ministère....

PETTERS, *à part.*

Allons, du caractère !

LE COMTE.

J'ai vu mes faux amis, toujours très-empressés,
Paraître à mon aspect interdits et glacés,
Eviter mes regards... Ah ! de l'ingratitude
Ces perfides flatteurs se font une habitude !
D'Holborn ne revient point...; mais aura-t-il le temps
De remplir au trésor tous mes engagemens ?...
Un seul retard pourrait armer la calomnie;
De tous les cœurs jaloux je crains la perfidie.

Il ne faut qu'un instant pour perdre la faveur ;
Le Prince peut d'un mot....

PETTERS.

Permettez, monseigneur,
Que pour monsieur Verner...

LE COMTE.

Cette crainte m'accable !

PETTERS.

Vous perdez, monseigneur, un ami véritable.

LE COMTE, *avec humeur.*

Sortez de ma présence.

PETTERS.

A l'instant j'obéis....
Vous me traitez bien mal !...

LE COMTE.

Il suffit.

PETTERS.

J'en gémis ;
J'ai servi, monseigneur, cinquante ans votre père.

LE COMTE *lui prend la main.*

Excuse, mon ami, ce moment de colère !

PETTERS *prend sa main et la baise humblement.*

Petters n'a qu'un désir, c'est de vous voir heureux ?

LE COMTE.

Me voir heureux, Petters !...

PETTERS.

Pour un ambitieux
Il n'est point de repos.

(*Il sort.*)

SCENE V.

Le Comte DE MELLEFONT, *seul.*

En ce moment, l'envie,
Peut-être, ose attaquer la gloire de ma vie.
Ces coupables efforts font naître sous mes pas
Un peuple d'ennemis, de jaloux et d'ingrats !
Il ne m'est pas permis d'offrir à ce que j'aime
Un cœur tout à l'amour, heureux par l'amour même,
Et jouissant en paix de sa félicité !
Par mille sentimens mon esprit agité,
Couvre d'un voile obscur, environne d'alarmes,
Un jour où je croyais ne goûter que des charmes.
Si du Prince aujourd'hui je perdais les faveurs,
Ma disgrâce à l'instant glacerait tous les cœurs ;
Quel ami s'offrirait pour consoler ma peine ?
Il est cent mille ingrats, il n'est qu'un Lafontaine ;
De Fouquet dans les fers, son noble bienfaiteur,
Jusqu'aux portes du Louvre il chanta le malheur.

SCENE VI.

Le Comte DE MELLEFONT, D'HERMAN.

D'HERMAN.

Sais-tu bien qu'à la fin je perdais patience ?
Tu me laisses ! vraiment, c'est de l'indifférence !
Je te vois, tout est dit..... Mais je suis enchanté !
Dieu ! quel cercle brillant ! quelle société !

Elle est vraiment choisie et faite pour me plaire,
Ce sont de vrais amis !

LE COMTE.

Des amis ; non, mon frère,
Et ces vils intrigans n'ont tous que mon mépris.

D'HERMAN.

Pourquoi les accueillir ?

LE COMTE.

Vous en êtes surpris?
Mon frère, un philosophe est mauvais politique.

D'HERMAN.

Ah ! voilà le grand mot, avec lui tout s'explique;
Sans ton ambition, à parler franchement,
Nous aurions tous les deux le même sentiment ;
Car ma philosophie est la sagesse même,
Dans l'ordre et le repos trouve le bien suprême,
Fuit tout illusion, cherche la vérité ;
Par l'amour elle unit chaque société ;
Protectrice des lois, incapable de nuire,
Elle cherche à créer, rarement à détruire ;
Dans un peuple elle veut de la tranquillité ;
Elle soutient l'Etat, garde sa dignité,
Honore les talens, appelle le mérite ;
Elle arrache le masque au fourbe, à l'hypocrite,
Offre son bras au faible, éloigne le flatteur,
Et dans la vertu seule a placé le bonheur.

LE COMTE.

Croyez que je pourrais aisément me défendre ;

Mais nous ne parviendrons jamais à nous entendre.
Votre philosophie a trop d'austérité.
Vous n'aimez pas beaucoup le rang, la dignité ;
L'héritage d'un nom, une illustre naissance,
Tout cela vous paraît d'assez peu d'importance.

D'HERMAN.

Tu te trompes : j'estime un homme décoré,
Guerrier ou commerçant, lorsqu'il s'est illustré.
J'approuve fort qu'un père en qui la gloire brille,
Puisse, à son dernier jour, rassembler sa famille,
Et dire : Je vous laisse un beau nom pour appui ;
Imitez-moi, mes fils, soyons dignes de lui.
Les hommes peuvent tout quand l'Etat les honore !
Mais je l'ai toujours dit, je le répète encore :
Les grandes dignités et les titres d'honneur,
Il faut les mériter... ; est-ce un si grand malheur ?
Les vouloir par intrigue est une ignominie ;
C'est voler à la fois la gloire et le génie.

LE COMTE.

Vous avez bien raison, tel est mon sentiment ;
Peut-on sans s'avilir penser différemment ?

D'HERMAN.

Mais changeons de discours ; en ce moment, mon frère,
Il faut parler d'hymen, si l'on cherche à te plaire ;
C'est ta seule pensée... A la fin j'ai quitté,
Ce grand cercle où ma sœur règne avec dignité,
Et j'ai porté mes pas chez l'aimable Amélie.
Quel contraste frappant, quelle femme accomplie !
Ses rares qualités, je le dis sans détour,

Ne lui donneraient pas grand crédit en ce jour.

LE COMTE.

Son esprit cultivé, mon frère, vous enchante;
Elle cause de tout sans paraître savante.
Sa raison s'embellit par l'aimable gaîté;
Sa conversation n'a point d'austérité.
Dans sa bouche jamais un mot n'est une offense:
A-t-on un ridicule? elle a de l'indulgence.
La fortune ne donne aucun droit à ses yeux,
Et le plus honoré, c'est le plus vertueux.
Mon hymen, dans le monde, est ignoré, mon frère;
Il se fait sans éclat, dans le plus grand mystère.
Redoutant quelque obstacle aux vœux de mon amour,
Je n'ai rien dit au Prince et rien dit à la cour;
Mais le contrat signé, ce titre qui m'engage,
Du Prince, sans efforts, obtiendra le suffrage.

SCENE VII.

Le Comte DE MELLEFONT, AMÉLIE, D'HERMAN.

D'HERMAN.

Ah! nous parlions de vous.

LE COMTE, *allant au-devant d'elle.*

Oui, madame; à l'instant,
Je vantais vos vertus et le sort qui m'attend.

D'HERMAN.

A son enthousiasme on voit bien qu'il vous aime;
Dès qu'il parle d'amour, sa chaleur est extrême.

AMÉLIE.

Quand on aime, monsieur, on s'aveugle aisément;

J'attends toujours de vous le même empressement.

LE COMTE.

Ah ! madame, en douter serait peu me connaître.

AMÉLIE.

Mais de vos sentimens êtes-vous toujours maître ?
Des désirs étendus, trop d'occupations,
Nuisent souvent, je crois, à nos affections ;
Alors, tout ce qui fait le charme de la vie,
Perd souvent ses attraits et bientôt nous ennuie :
L'amour est une chaîne et l'hymen un devoir.
Pour goûter leurs douceurs, et pour les concevoir,
Il faut s'en occuper, oui, je dois vous le dire,
Il faut se plaire un peu sous leur aimable empire,
Mettre tout en commun, les peines, les secrets.

D'HERMAN.

Et les hommes d'Etat sont souvent trop discrets.

AMÉLIE.

Vous jurez de verser dans le cœur d'Amélie
Les chagrins qui pourraient accabler votre vie.
Si vous aimez la gloire, elle est chère à mes yeux ;
Et si l'obscurité pouvait vous rendre heureux,
Heureux.... soyez-en sûr, j'en ferais mes délices.

LE COMTE.

Ah ! je n'exigerai jamais de sacrifices :
J'ai là certain projet, que j'exécuterai.
Au tourbillon des cours, oui, je renoncerai ;
Mon âme, en ce moment, trop active peut-être,
Se clamera bientôt ; de moi je serai maître ;

C'est aux champs que je veux passer mes plus beaux jours.

AMÉLIE.

Jouissez à l'instant ; en différant toujours,
On fait d'un bien réel un bien imaginaire.
On compte les instans passés au ministère,
Mais ceux qu'on passe aux champs, on ne les compte pas.
Le temps est trop rapide, il devance nos pas ;
Il n'est point de saison qui n'ait sa jouissance.
Aimons-nous la nature ? elle nous récompense,
Par de rians tableaux, des plaisirs purs et vrais,
Des souvenirs charmans et des jours sans regrets.

D'HERMAN.

Le sort m'a bien servi, j'arrive de voyage
Pour être le témoin de votre mariage !
Le contrat est-il prêt ?

LE COMTE.

Mon frère, en ce moment....

D'HERMAN.

Allons signer, j'y mets beaucoup d'empressement.

AMÉLIE.

Combien ce mot est cher à mon âme attendrie !
Ce jour va décider du reste de ma vie.

LE COMTE.

Depuis long-temps, ami, j'attendais ce beau jour ;
L'hymen va donc payer la dette de l'amour.

D'HERMAN.

Ne perdons pas de temps.... allons, chère Amélie,
C'est la main d'un ami qui pour jamais vous lie.

SCÈNE VIII.

Le comte de MELLEFONT, la BARONNE, D'HERMAN, AMÉLIE, D'HOLBORN. (*Mouvement général.*) *La Baronne et le Comte vont au-devant de D'Holborn.*

LE COMTE.

C'est vous, baron? Eh bien, vous êtes agité?
Expliquez-vous, parlez!

D'HOLBORN, *à la Baronne.*

Ah! quelle indignité!

LE COMTE.

Que se passe-t-il donc?... Mais pourquoi ce silence?

D'HOLBORN.

Il n'est plus de vertus, plus de reconnaissance!
Le président vous trompe, il agit en secret.

LE COMTE

Songez qu'il me doit tout, et que son intérêt....

D'HOLBORN.

L'ingratitude en lui se joint à l'injustice.

LE COMTE.

Les ingrats sous mes pas creusent un précipice!

D'HOLBORN.

On prévoit un éclat! Une sourde rumeur,
Se répand qu'au Trésor.

AMÉLIE.

Est-ce là le bonheur?

LE COMTE.

De perfides amis trompent ma confiance!

D'HOLBORN.

L'hymen de Frédéric se prépare en silence;
S'il s'achève aujourd'hui, craignez ses partisans.

LE COMTE.

Et comment empêcher ?

D'HOLBORN.

Peut-être il n'est plus temps....

LE COMTE.

De tous mes ennemis enchaînez le langage;
Un ministre est perdu dès l'instant qu'on l'outrage.
Prévenez leurs désirs, flattez leur passion,
Offrez, accordez tout à leur ambition.

D'HERMAN.

A quelle extrémité cette folie entraîne!
Elle enrichit le vice et sourit à la haine.
Prévenir des méchans qui te sont odieux!

LE COMTE.

J'enchaîne leurs efforts en comblant tous leurs vœux.

AMÉLIE.

Toujours nouveaux dangers!

LE COMTE.

Votre philosophie
Arrête la pensée et glace le génie.

D'HOLBORN, *à part.*

L'ambition triomphe, et mes vœux sont remplis !

LE COMTE.

Quand je suis entouré de lâches ennemis.....

PETTERS *entre, et remet une lettre au comte.*

Un ordre de la cour !

LE COMTE.

Dieu ! quel triste présage !

(Il lit :)

« Le Commandeur s'empresse d'annoncer à Votre Ex-
» cellence, que le Prince, satisfait de vos services, vient de
» vous accorder le premier ordre de l'Etat, de vous nom-
» mer duc. »

LA BARONNE.

Toutes les passions animent son visage !

LE COMTE, *lit :*

« Il vous annonce aussi que le Prince ajoute à ce bienfait
» la main de la fille de son favori, le duc de Staremberg... »

AMÉLIE.

Tous mes sens sont glacés ! C'est un événement.

D'HERMAN.

Mais qui peut t'agiter, mon frère, en ce moment ?

AMÉLIE.

Ah ! je crains tout pour lui... Mais quel trouble vous presse ?
Qu'avez-vous ?...

LE COMTE, *animé.*

Ce n'est rien....

AMÉLIE.

Rassurez ma tendresse !...

LE COMTE.

(*A part.*)

Quel coup pour Frédéric!....

D'HERMAN.

Est-il quelque danger?

AMÉLIE.

Quel que soit votre sort, je veux le partager.

LE COMTE.

Non, ne redoutez rien.

D'HERMAN.

Compte bien sur ton frère!

LA BARONNE.

Sur votre sœur.

AMÉLIE.

Vous seul m'occupez sur la terre.
Hélas! si vous perdez vos grandeurs en ce jour,
Il vous reste mon cœur....

LE COMTE.

Je me rends à la cour.

AMÉLIE.

Je ne vous quitte pas....

LE COMTE, *troublé.*

Dissipez vos alarmes.
Croyez bien que mon cœur.... Ah! retenez vos larmes!

AMÉLIE.

Pourquoi nous séparer?

LE COMTE.

On m'impose un devoir...
Un objet important...

AMÉLIE.

Je suis au désespoir.

LE COMTE.

Mais soyez assurée en tous les temps, madame,
Que vous seule aurez droit de captiver mon âme.

AMÉLIE, *le retenant.*

Permettez....

LE COMTE, *à part.*

Je suis duc! Quel triomphe éclatant!!!
Le temps presse, il le faut. Je ne suis qu'un instant.

D'HERMAN (1).

« Ah! si ses ennemis veulent perdre mon frère,
» Le prince connaîtra son noble caractère!... »

---

(1) A la représentation, on supprime les deux derniers vers.

FIN DU TROISIÈME ACTE.

ACTE IV.

SCENE PREMIÈRE.

Le Comte DE MELLEFONT.

Me voilà maintenant au faîte des grandeurs ;
Je suis duc, je jouis de toutes les faveurs ;
De mes nobles travaux j'obtiens la récompense ;
Je triomphe, et l'envie est réduite au silence !
Que tous mes faux amis vont être humiliés !
Si je disais un mot, ils seraient à mes pieds.
Je saurai désormais distinguer le mérite,
Et chasser loin de moi le flatteur hypocrite !

SCENE II.

Le comte de MELLEFONT, la BARONNE, D'HOLBORN.

(*Scène d'adresse.*)

D'HOLBORN, *bas à la baronne.*

Pour les servir tous deux, sachons adroitement
Le lier à jamais par un engagement.

LA BARONNE.

Pour vous féliciter, j'arrive la première.

D'HOLBORN.

Le Prince ouvre à vos vœux une illustre carrière.

LA BARONNE.

D'un ministre, d'un duc, enfin, je suis la sœur!
Vous n'imaginez pas l'excès de mon bonheur!
Je désire à mon tour... non point que je vous presse;
Je ne suis que baronne, et si j'étais comtesse,
Je ne resterais pas dans le petit salon;
Arriver au grand cercle est mon ambition:
Il est doux de jouir du droit de préséance,
De voir chaque baronne à certaine distance!
De traverser leur cercle en jetant tour à tour
Des regards bienveillans, de ces regards de cour.

LE COMTE.

Ceci pourrait passer pour un trait de satire.

D'HOLBORN.

D'un fait très-singulier je venais vous instruire:
Notre Prince, au conseil appelle, en ce moment,
Sans prendre aucun avis, et par entraînement,
Un auteur couronné, votre ancien secrétaire.

LE COMTE.

Verner est conseiller!

LA BARONNE, *en raillant.*

Il a l'art de lui plaire.

D'HOLBORN.

(Il remet le brevet.)

Le Prince, à l'instant même, a signé ce brevet ;
On me l'a confié. C'est encore un secret.
Je viens vous le remettre.

(Le comte lit le brevet.)

LA BARONNE.

A la fleur de son âge,
Il obtient, sans appui, cet illustre suffrage...
Qui donc en ce moment a pu le protéger ?

D'HOLBORN.

Mais peut-être le Prince a cru vous obliger...

LA BARONNE.

Sans doute il aurait dû vous consulter, mon frère.

LE COMTE.

Notre Prince n'a point un léger caractère.
Il croit servir l'Etat par sa décision.

D'HOLBORN.

On peut la retarder, éclairer sa raison,
Tempérer les élans de cette bienveillance.

LA BARONNE.

Vous dirigez Verner, et depuis son enfance...

D'HOLBORN.

Il peut, dans le conseil, s'illustrer quelques jours,
Mais son départ doit faire oublier son discours.

LE COMTE.

A son âge, aisément, notre âme nous abuse ;
En sa faveur le temps peut offrir une excuse.

LA BARONNE.

Laissons monsieur Verner ; quel titre glorieux !
Que cet ordre vous sied ! il enchante mes yeux !

D'HOLBORN.

De votre dignité chacun se félicite,
Le Prince honore en vous les vertus, le mérite.

LE COMTE, *avec enthousiasme.*

J'ai consacré dix ans, vous le savez, ma sœur,
Pour obtenir un jour cette insigne faveur.
Je trouve qu'il est beau (sans esprit de système)
De devoir son éclat, ses titres à soi-même.
Avec ma dignité commence un avenir
Que les siècles, baron, ne verront point finir,
Si tous mes descendans, jaloux de ma mémoire,
Par des titres nouveaux ajoutent à ma gloire,
Et sont persuadés qu'un grand nom, des honneurs,
Ne résistent jamais à la perte des mœurs.

D'HOLBORN.

De Staremberg la fille est aimable, charmante,
Chez le prince, à la cour, en tous lieux on la vante;
Et son père est chéri de notre souverain :
Vous triomphez de tout en lui donnant la main.

LE COMTE.

Que me rappelez-vous ! quelle était mon ivresse !
Mon cœur sacrifîrait l'objet de sa tendresse !
Je devrais mes honneurs à l'infidélité,
Et je ratifîrais cet indigne traité !...

M'unir à Staremberg ! moi ! former cette chaîne !...

LA BARONNE.

Vous balancez ?

D'HOLBORN.

J'ai cru la nouvelle certaine.
C'est le bruit général ; et l'on est enchanté,
De voir ce grand hymen par le prince arrêté.

LE COMTE.

Au prince je ferais le plus grand sacrifice ;
Je dois tout immoler, sans doute, à son service,
Lui consacrer, enfin, ma vie et mes talens ;
Mais le prince doit-il régler mes sentimens ?
Imposer à l'amour une loi si sévère ?

D'HOLBORN.

Comte, qu'est devenu votre grand caractère ?
Je cherche le ministre et vois l'homme amoureux.

LE COMTE.

Ai-je perdu le droit d'aimer et d'être heureux ?

D'HOLBORN.

Les hommes portent tous une secrète envie
D'attaquer le pouvoir, les talens, le génie ;
Souvent, par politique, on s'unit à la cour ;
L'hymen y connaît peu les erreurs de l'amour ;
Mais l'hymen y conduit au plus grand avantage,
Et sous le nom du Prince on règne sans partage.
Vous seul distribuerez les places, les faveurs.

LE COMTE, *avec enthousiasme.*

Je ferai plus encor, j'obtiendrai tous les cœurs.

D'HOLBORN.

Comte, vos ennemis ou se taisent ou tremblent.

LA BARONNE.

Tous les gens en crédit près de vous se rassemblent.

D'HOLBORN.

Et l'Etat par vos soins veut être gouverné.

LA BARONNE.

Le nom de grand ministre alors vous est donné.

D'HOLBORN, *changeant de ton avec finesse.*

Peut-être Staremberg avec impatience
Attend votre refus pour en tirer vengeance,
Pour irriter le Prince.

LE COMTE.

Expliquez-vous! comment?

D'HOLBORN.

Il vous croit retenu par un engagement.

LE COMTE.

Oh ciel! c'est mon secret.

D'HOLBORN.

J'étais sur son passage,
Et j'ai parlé de vous, de ce grand mariage
Qui vous lie à jamais, et de l'espoir heureux
De voir notre pays gouverné par tous deux.
Mais il m'a répondu: « Le comte a du génie,
» J'honore ses vertus; il chérit sa patrie;
» Mais devons-nous songer aux projets de la cour?
» Le comte est enchaîné, son cœur cède à l'amour;

» En lui, ce trait annonce un faible caractère,
» Trop faible pour rester maître du ministère. »
Et chez le prince alors il a porté ses pas.

LE COMTE, *agité.*

Il va me préparer de nouveaux embarras!

LA BARONNE.

Voyez votre famille à jamais illustrée,
Par nos princes toujours recherchée, honorée,
Et se montrer partout avec un grand éclat.

D'HOLBORN.

Vous devenez, enfin, le premier de l'Etat.
Vous êtes créé duc; mais le prince lui-même
A décidé l'hymen du ministre qu'il aime.
Un refus peut bientôt vous causer des regrets,
Eloigner sans retour les grâces, les bienfaits...
Conservez la faveur.

LE COMTE, *vivement.*

C'est toute mon envie!

D'HOLBORN.

Il y va de l'honneur, et c'est plus que la vie:
Il y va de la gloire: un homme tel que vous,
Qui sait la mériter, doit en être jaloux;
Elle tient à son âme!

LE COMTE.

Oui, la gloire m'est chère;
Dans ce moment, enfin, parlez, que dois-je faire?

D'HOLBORN.

Une promesse au duc...

LE COMTE.

Ah ! quelle extrémité !

D'HOLBORN.

Mais le sort vous en fait une nécessité.
Malgré tous mes efforts, en cette circonstance,
Vous restez engagé pour une somme immense.
Comte, par cet hymen, le mal est arrêté !
Il vous rend à l'instant votre tranquillité.

LA BARONNE.

Que la raison, mon frère, en ce moment vous guide.

D'HOLBORN.

Du faîte des grandeurs la chute est bien rapide ;
Il ne faut qu'un instant.

LE COMTE.

LE COMTE, *au bureau*, *écrit rapidement*, *et dit :*

Quel trouble ! quel effroi !
Dieu ! quel pressentiment vient s'emparer de moi !
En ce moment affreux, que résoudre ? que faire ?
Perdre mes dignités, perdre le ministère ?
Un pouvoir inconnu que je n'explique pas,
Dans un abîme affreux précipite mes pas.

(Il s'approche en désordre d'un bureau.)

D'HOLBORN.

Cet écrit important....

LE COMTE.

Il me met au supplice!

LA BARONNE.

Mon cœur est alarmé!

LE COMTE *écrit et signe, et tombe sur son fauteuil.*

Grand Dieu! quel sacrifice!

D'HOLBORN *prend vivement l'écrit.*

(*A part.*) Je triomphe!

LE COMTE, *au désespoir.*

Et j'ai pu renoncer au bonheur!
Je ne puis résister au tourment de mon cœur...
Mais je ne consens pas à perdre ce que j'aime.
Cher D'Holborn, rendez-moi...

D'HOLBORN.

Plus maître de vous-même,
Songez à l'avenir... Avant la fin du jour
Vous serez seul puissant, au conseil, à la cour.

(*Il sort.*)

LA BARONNE.

Moi, chez le commandeur... c'est un point nécessaire,
Je me rends à l'instant; comptez sur lui, mon frère.

SCÈNE III.

Le Comte DE MELLEFONT.

Ma main a pu signer... Dieu! quelle indignité!
Que faire, que résoudre en cette extrémité?

On conjure ma perte, on veut flétrir ma vie!
Mais te sacrifier, ô ma chère Amélie!
C'est elle!... Puis-je encor me montrer à ses yeux!

SCÈNE IV.

Le Comte DE MELLEFONT, AMÉLIE.

AMÉLIE.

Le prince vous honore, il couronne vos vœux,
Il vous comble d'honneurs, en cette circonstance;
Que je lui dois d'amour et de reconnaissance!
De tous vos ennemis il vient de vous venger,
Et je craignais pour vous encor quelque danger :
Ah! vous eussiez jugé de ma vive tendresse!

LE COMTE, *très-troublé.*

Je sais jusqu'à quel point mon sort vous intéresse.

AMÉLIE.

Cher comte, vous avez de lâches ennemis;
Un écrit anonyme à l'instant m'est remis :
Des méchans ont voulu faire couler mes larmes,
Affliger mon amour, me causer des alarmes.
Cet écrit odieux ose vous condamner,
Dit que votre dessein est de m'abandonner;
Ah! je l'ai déchiré ce titre abominable!

LE COMTE.

Avez-vous pu penser!... Moi, je serais capable...
Un écrit anonyme......

AMÉLIE.

Est toujours imposteur.
Pour vous défendre ici, n'avez-vous pas mon cœur ?
Vous m'aimez, il le sait, il vous rend bien justice ;
Vous feriez à l'amour le plus grand sacrifice !
Qui pourrait immoler à son ambition
L'objet de son amour, de son affection ?
Il faut être un ingrat, il faut être un barbare ;
Je n'ai rien soupçonné, mon cœur vous le déclare :
Qu'on me présente un trône ou le sort le plus bas,
Si je perds ce que j'aime, oh ! je n'hésite pas !...
Vous pensez comme moi !.... Laissez couler ces larmes,
Elles partent du cœur.

LE COMTE.

Ah ! ces mots pleins de charmes....

AMÉLIE.

Votre gloire est la mienne ; on ose l'outrager,
C'est par le mépris seul que je veux me venger....
D'où naît votre embarras, cette sombre tristesse ?
Je venais partager toute votre allégresse,
Et vos traits altérés... Quels sont donc les malheurs...

LE COMTE.

L'horrible ambition dégrade tous les cœurs !...

AMÉLIE, *bien tendrement et avec âme.*

Vous avez un chagrin, et pouvez me le taire ?
Pour moi, pour Amélie, est-il quelque mystère ?
Nos cœurs ne sont-ils pas confondus sans retour ?
Consoler ce qu'on aime est si doux à l'amour !

(*Par réflexion.*)

Le prince est-il instruit de notre mariage?
Craindrait-il d'approuver le nœud qui nous engage?
S'il en était ainsi....

LE COMTE, *avec chaleur.*

J'en jure sur l'honneur,
J'abandonnerais tout, mes titres, ma grandeur.

AMÉLIE.

J'irais aux pieds du Prince; il verrait mes alarmes,
Mon affreux désespoir, mes yeux baignés de larmes;
Il entendrait bientôt les cris de la douleur,
Ces cris l'attendriraient. Il est jeune; son cœur
Au tourment de l'amour ne peut être insensible:
Me repousser alors lui serait impossible.

(*Avec transport.*)

Recevez de nouveau le serment que je fais;
Celle qui vous chérit ne changera jamais.
Ah! quel que soit son sort, jusqu'au bout de la terre
Je suivrai mon époux pour l'aimer et lui plaire.

LE COMTE, *avec sensibilité et douleur.*

Si je deviens jamais coupable d'une erreur,
Toujours pour me juger consultez votre cœur;
En lui seul je mettrai toute mon espérance;
Touché de mes remords, il prendra ma défense.

SCÈNE V.

Le Comte DE MELLEFONT, D'HERMAN, AMELIE.

D'HERMAN.

J'accours pour t'adresser aussi mon compliment;
De toute part, mon cher, c'est un empressement....
Tes amis enivrés obstruaient mon passage;
C'est à ta dignité que chacun rend hommage:
Voilà le cœur humain, on flatte le pouvoir.

LE COMTE, *à part.*

Au milieu des honneurs, je suis au désespoir!

AMÉLIE.

Ce sont des procédés....

LE COMTE.

Des visites d'usage....

D'HERMAN.

Dans la ville on parlait d'un très-grand mariage....
(*A Amélie.*)
Vous m'en voyez vraiment indigné, furieux;
Avec quelques flatteurs, petits ambitieux,
Qui croyaient me charmer en vantant sa puissance,
Je viens de quereller..... Ils lui font une offense.
Ils disent que mon frère, avant la fin du jour,
Doit épouser....

LE COMTE, *embarrassé.*

Comment?

D'HERMAN.

C'est le bruit de la cour.

LE COMTE.

Qu'a-t-il de surprenant ?

AMÉLIE.

Que son trouble m'étonne !

D'HERMAN.

C'est la fille du duc que le prince lui donne.
A ce grand mariage il doit sa dignité ;
Il conserve, à ce prix, toute l'autorité.
Morbleu, j'ai défendu la gloire de mon frère:
Oui, messieurs, ai-je dit, d'un brave militaire,
Qui mérita long-temps l'éclat de la faveur,
Mais qui pour son pays mourut au champ d'honneur,
Je puis vous le jurer, il épouse la fille ;
Amélie, en ce jour, est de notre famille.
L'amour a tout réglé dans cette occasion,
Et l'amour vaut, je crois, mieux que l'ambition.

LE COMTE.

Il fallait ne rien dire !

D'HERMAN.

Eh ! comment ne rien dire ?

LE COMTE.

Que font les sots propos !

D'HERMAN.

En honneur, je t'admire !
J'ai dû les repousser, et parler fortement.

LE COMTE.

Je ne puis résister à mon saisissement !

D'HERMAN.

C'est une indignité, c'est une calomnie;
Il faut crier partout que la chère Amélie
A reçu tes sermens, qu'elle règne en ton cœur;
Que je suis trop heureux de l'appeler ma sœur;
Que nous allons former cette union touchante,
Que l'on doit aux vertus d'une femme charmante;
Et que l'ambition, poison si dangereux,
Ne vous troublera plus!... Voilà, je crois, vos vœux...
Mais j'aperçois Verner...

SCENE VI.

Le Comte DE MELLEFONT, D'HERMAN, VERNER, AMELIE.

VERNER, *à part.*

Mon âme est attendrie!
Comte, je viens remettre à votre seigneurie
Ces titres, ces papiers; et j'ose vous prier
De m'accorder l'honneur de me justifier:
Je vous parais coupable, et je viens me défendre.

D'HERMAN.

Explique-toi, Verner; mon frère doit t'entendre.

LE COMTE.

Vos sarcasmes, lancés sur les ambitieux,
En les examinant, ont tous frappé mes yeux.
Oui, vous aviez un but, et ce but est coupable.

D'HERMAN.

D'oublier tes bontés Verner est incapable.

LE COMTE.

Fier de votre couronne, et d'un moment d'éclat,
Si j'en crois certain bruit, vous parlez en ingrat.

VERNER.

Et qui peut m'accuser!... Sans cesse je publie
Que je dois à vos soins cent fois plus que la vie;
Le goût de la vertu, des nobles sentimens;
Que vous me protégez dès mes plus jeunes ans;
Que mes faibles talens, enfin, sont votre ouvrage.
En écrivant, mon cœur désirait un suffrage!
C'était le vôtre: hélas! privé de ce bienfait,
Que m'importe un laurier, cause de mon regret?

D'HERMAN.

Tu dois être touché! mon cher, de l'indulgence...

LE COMTE.

Le premier des devoirs est la reconnaissance.

VERNER, *avec enthousiasme.*

J'ai mis dans ce discours: « Esclave d'une erreur,
» Un homme ambitieux ne sent jamais son cœur;
» Il immole à la fois, et toujours à lui-même,
» Son repos, sa vertu, tous les êtres qu'il aime. »
Par ces mots réunis, je suis justifié.
Qui, plus que vous, chérit, honore l'amitié?
Des cœurs nobles, constans, vous êtes le modèle;
A l'amour aujourd'hui n'êtes-vous pas fidèle?
Le portrait que j'ai fait, en tout point odieux,
Est celui d'un ingrat, d'un froid ambitieux,

Brisant tous les liens qui charment notre vie.

LE COMTE, *troublé.*

Il suffit, je vous crois !

D'HERMAN.

Ce mot le justifie.
Il a peint les excès nés de l'ambition;
Tu n'es pas cet ingrat...

LE COMTE, *à part.*

Quelle réflexion !

VERNER.

Je vais quitter ces lieux ! soyez grand, magnanime;
Pour consolation laissez-moi votre estime.
Le sort peut tout m'ôter : la vie a ses revers;
Les maux sont répandus sur ce vaste univers,
Nous devons les souffrir; mais un malheur extrême
Qu'on ne peut surmonter, ni vaincre par soi-même,
Qui réduit notre cœur au plus cruel état,
C'est d'être injustement regardé comme ingrat.
Je donnerais cent fois, et mon sang et ma vie,
Pour le Prince, pour vous, pour ma chère patrie.

LE COMTE, *vivement.*

J'en crois ce noble élan, et l'Etat, aujourd'hui,
Doit trouver dans tes soins un véritable appui :
Exerce tes talens, reprends ma confiance,
Tu chéris ton pays; voilà ta récompense.

(Il lui remet le brevet.)

VERNER.

Moi, conseiller d'Etat! je vous dois, monseigneur...

LE COMTE.

Je n'ai rien fait pour toi.

D'HERMAN.

Mais quel titre d'honneur!

LE COMTE.

Le Prince t'a nommé... je redoutais ton âge;
Tu sauras mériter cet illustre suffrage:
Quand l'amour des vertus a pénétré son cœur,
La jeunesse jamais ne se livre à l'erreur.

AMÉLIE.

Sara verse des pleurs, vous partiez pour la France;
On vous nomma toujours l'ami de son enfance,
Je vais la consoler... Permettez qu'un moment.

D'HERMAN.

Nous sommes de moitié dans votre empressement.

VERNER.

Combien je suis flatté d'un intérêt si tendre!

D'HERMAN.

Mais allons voir Sara, ne faisons pas attendre.

AMÉLIE.

Cher comte, votre main doit essuyer ses yeux,
Sa tendresse a besoin de nous voir tous heureux.
Comme elle a partagé nos craintes, nos alarmes,
De ce jour fortuné qu'elle goûte les charmes!

Cette explication a rétabli la paix ;
Tous vos vœux sont remplis, tous les cœurs satisfaits,
Le mien est tout à vous, et je sens par moi-même
Qu'il n'est qu'un seul bonheur, c'est d'être à ce qu'on aime.

FIN DU QUATRIÈME ACTE.

ACTE V.

SCENE PREMIERE.

D'HERMAN, VERNER, AMELIE.

AMÉLIE, *tenant un billet.*

Vous me voyez, hélas! alarmée et tremblante;
Ce qui se passe ici me glace d'épouvante.

(*Verner approche un fauteuil, elle s'assied.*)

D'HERMAN.

Mais que se passe-t-il?

AMÉLIE.

Ce que je viens de voir
A déchiré mon cœur, me met au désespoir.

VERNER.

Qu'est-il donc arrivé?

D'HERMAN.

Quel est donc ce mystère?

AMÉLIE.

Un ennemi cruel menace votre frère.
Le ministre et D'Holborn causaient secrètement,
J'entends ces mots, monsieur, prononcés vivement:

« Quel que soit aujourd'hui le titre qui m'engage ;
» Je n'achèverai pas cet affreux mariage;
» De ce que j'ai promis mon cœur est révolté :
» Outrager Amélie est une indignité... »
Je m'approche, on se trouble, on garde le silence,
Et le comte à regret évite ma présence.
Ce départ me confond et me glace d'effroi.

VERNER.

Mais pourquoi s'éloigner ?

AMÉLIE, *en larmes.*

D'Holborn reste avec moi ;
De rassurer mon cœur aussitôt je le presse ;
Je lui peins mon amour, l'excès de ma tendresse ;
Le cruel m'a porté le coup le plus affreux.

D'HERMAN.

Madame, calmez-vous....

AMÉLIE.

C'est un homme odieux !
« Le comte, me dit-il, peu maître de lui-même,
» Est toujours au moment de trahir ce qu'il aime.
» Il vient de se montrer trop indigne de vous ;
» Recevez de l'amour, madame, un autre époux. »
A l'instant, à mes yeux il découvre son âme ;
Il parle avec transport de sa brûlante flamme.
Je repousse aussitôt ses vœux avec horreur ;
Alors, en menaçant, éclate sa fureur :

Il accuse le comte, il parle de vengeance.
Le ministre au trésor doit une somme immense;
Il doit trois millions ;... il peut être arrêté,
Perdre son rang, l'honneur !

VERNER.

Dieu ! quelle indignité !

AMÉLIE.

Du caissier général il me montre une lettre,
Que le comte à l'instant venait de lui remettre.
Le fait est avéré ; tout est clair à mes yeux :
Il doit trois millions !... Puis, en quittant ces lieux :
Craignez, craignez, dit-il, toute ma jalousie ;
Je puis commettre un crime, empoisonner ma vie ;
Mais je me vengerai.

VERNER.

Ah ! quel comble d'horreur !

AMÉLIE.

Qu'il perde tout, hélas ! mais qu'il garde l'honneur.
Du comte je connais les vertus, le courage ;
Il ne survivrait pas au plus léger outrage :
Il fut, soyez-en sûr, fidèle à son devoir.

D'HERMAN.

Il aurait abusé !...

AMÉLIE.

Je suis au désespoir !

On ne saura jamais combien il m'intéresse.

VERNER.

Je vous réponds, monsieur, de sa délicatesse.
Ce n'est qu'un embarras.

D'HERMAN.

Cruelle ambition !
Cet embarras devient une accusation.

AMÉLIE.

En cette extrémité, monsieur Verner, par grâce,
Informez-vous de tout; voyez ce qui se passe :
Arrêtons les excès d'un homme dangereux,
Qui rendraient Mellefont à jamais malheureux.

VERNER, *avec enthousiasme.*

Mon oncle m'a laissé, monsieur, son héritage ;
Je puis en disposer, il devient son partage ;
Tout ce que je possède est à lui désormais.

D'HERMAN.

Embrassez-moi tous deux... Voilà des amis vrais !
Des cœurs trop éprouvés... ! ami noble et sincère,
Unissons nos efforts. Viens, cours sauver mon frère.

AMÉLIE, *avec désordre.*

Mon Dieu ! je te rends grâce. Ah ! vous voyez mes pleurs !
Vous êtes tous les deux mes nobles bienfaiteurs !
Je vous devrais la vie !

VERNER.

Ah ! comptez sur mon zèle ;
A la reconnaissance, oui, je serai fidèle.

AMÉLIE.

Revenez au plutôt, il s'agit du bonheur.

VERNER.

Je réparerai tout, j'en jure sur l'honneur.

SCENE II.

AMELIE, *seule.*

Un jour qui présentait à mes yeux tant de charmes,
Je suis donc condamnée à répandre des larmes,
A voir l'être que j'aime, accablé de douleurs,
Au moment d'éprouver le plus grand des malheurs ;
Et quand j'attends de lui tout l'espoir de ma vie,
Pour séparer nos cœurs, s'arme la calomnie.

SCÈNE III.

PETTERS, AMELIE.

(*On lui remet une lettre.*) PETTERS.

C'est de monsieur d'Holborn.

AMÉLIE.

Eh ! qu'attend-il de moi ?
Ce billet me confond et me glace d'effroi !

« Madame,

« J'ai besoin de me justifier à vos yeux : en accusant le » comte, vous m'avez cru coupable ; mais votre bonheur » était ma seule pensée. Cet écrit de Mellefont vous prou- » vera si vous pouvez compter sur son cœur et sur son » amour. »

(*Elle regarde l'écrit du comte, et tombe au désespoir dans un fauteuil.*)

Sa main a pu signer cette horrible promesse !...
Est-ce donc là, cruel, le prix de ma tendresse ?
J'existais pour t'aimer, pour faire ton bonheur !
Et tu brises nos nœuds, tu déchires mon cœur !
L'ingrat peut m'oublier.... l'ingrat me sacrifie....

SCÈNE IV.

LE COMTE. (*Il arrive accablé, puis voit Amélie.*)

Vous répandez des pleurs ; qu'avez-vous, Amélie ?

AMÉLIE.

Laissez-moi !... laissez-moi !...

LE COMTE.

Qu'avez-vous ? répondez...
Répondez....

AMÉLIE.

Ce que j'ai !... Vous me le demandez !
Ce que j'ai !

LE COMTE, *à part.*

Quel regard ! mon âme est alarmée !

AMÉLIE.

Ah ! jamais, non, jamais, vous ne m'avez aimée !

(*Elle lui présente la promesse.*)

LE COMTE, *avec une grande chaleur.*

L'affreuse ambition m'a trompé, m'a séduit,
Et j'éprouve en ce jour le tourment qui la suit.

On a pu m'entraîner, mais toujours, Amélie,
Vous fûtes le seul bien, tout l'espoir de ma vie.
Le Ciel m'en est témoin, je l'atteste à vos yeux,
Je payerais de mon sang cet écrit odieux.
A l'état où je suis la mort est préférable;
Je gémis sous le poids du remords qui m'accable;
Un instant, un seul mot m'a perdu pour jamais,
Et condamne ma vie à d'éternels regrets.

SCÈNE VI.

Les PRÉCÉDENS, LA BARONNE et D'HERMAN.

LA BARONNE.

Ce que je viens d'apprendre, hélas! me désespère.

D'HERMAN.

Que pourrait-ce être?

LA BARONNE.

On craint la chute de mon frère.

D'HERMAN.

Alors, il connaîtra quels sont ses vrais amis.

SCÈNE VII.

Les PRÉCÉDENS, AMÉDÉ.

AMÉDÉ.

Ce D'Holborn est un traître, il nous a tous trahis.
Je partageai ses torts; mais, je vous le confesse,
Il avait su séduire et tromper ma jeunesse;

Il me forçait d'agir contre vos intérêts.
Ah! j'en serai long-temps pénétré de regrets.
Il avait tout tenté pour rompre un hyménée
Qui faisait le bonheur de votre destinée.
Voyant que Staremberg, instruit de votre amour,
Renonce tout-à-coup au projet de la cour,
S'explique hautement, contre vous se déclare,
De tous vos ennemis à l'instant il s'empare,
Les arme contre vous, et de lâche flatteur,
Il passe au rang affreux de votre accusateur.

LA BARONNE.

Cela ne se peut pas.

AMÉDÉ.

Je dis ce qui se passe...

D'HERMAN.

Un flatteur a toujours l'âme intrigante et basse.

LE COMTE.

Parlez, je suis tranquille et ne redoute rien.

D'HERMAN.

Cette leçon est forte, et j'en augure bien.

AMÉDÉ.

« Le ministre au trésor doit une somme immense...

LE COMTE.

Dieu! le traître! à ce point il m'outrage, il m'offense!

AMÉDÉ.

» Le prince frémira s'il connaît les abus :
» Je demande une enquête. »

LE COMTE.

Il n'est plus de vertus !
D'Holborn accusateur !

LA BARONNE.

C'est un monstre !

LE COMTE.

Que faire ?

D'HERMAN.

Compter sur tes amis, sur le cœur de ton frère.

AMÉDÉ.

Le jeune prince, instruit de l'accusation,
Parle de vos talens, de votre ambition !
Avant de prononcer, il hésite, il balance.
Un homme, tout-à-coup, paraît en sa présence ;
A ses nobles accens tous les cœurs sont émus :
« Du ministre, dit-il, j'atteste les vertus;
» Dix ans, il a servi l'Etat et votre père:
» Il se retirera pauvre du ministère.
» La fortune jamais n'eût pu le rendre heureux !
» La gloire de son prince était tout à ses yeux....
» Mais son accusateur, prince, je le proclame,
» Etait le confident des secrets de son âme,
» Devait rendre ses biens garans de son honneur,
» Et l'ingrat le trahit, devient son délateur;
» Mais le comte a des droits à la publique estime. »

LA BARONNE.

Et quel cœur généreux, quel cœur assez sublime?...

SARA.

Mais, c'est monsieur Verner.

LA BARONNE.

Monsieur Verner, comment !

AMÉDÉ.

Lui-même.

LE COMTE.

J'en avais l'heureux pressentiment !

AMÉLIE.

On n'imagine pas un plus beau caractère....

LE COMTE.

Combien ce que je vois et m'étonne et m'éclaire !

D'HERMAN, *à la baronne.*

Vous rougirez, ma sœur, de l'avoir soupçonné !

SARA.

Je n'ai pas à rougir, moi, j'ai tout deviné.

D'HERMAN, *au comte.*

Tu livrais tes secrets à des êtres perfides,
A des cœurs froids, ingrats, à des âmes sordides,
Qui flattaient, il est vrai, ta folle ambition.

LE COMTE.

Ah ! ciel, vous m'accablez ; cette réflexion....

D'HERMAN.

Mon frère, me crois-tu peu sensible à ta gloire !
Prévoyant l'avenir, j'ai sauvé ta mémoire ;

Ma ruine est complète, et Verner n'a plus rien;
Mais il te reste encor le nom d'homme de bien.
Si tu l'avais perdu, j'allais quitter la vie.
Tu m'aurais imité! Tombe aux pieds d'Amélie.
J'ai vu tout son chagrin, j'ai vu son désespoir.
La chérir à jamais est ton premier devoir!

SCENE VIII ET DERNIÈRE.

Le comte DE MELLEFONT, AMÉLIE, LA BARONNE, D'HERMAN, SARA, PETTERS, AMEDÉ.

VERNER.

L'Etat est satisfait; comte! soyez tranquille,
D'Holborn est confondu; déjà toute la ville
L'accable de mépris; le Prince, sans retour,
Comme un vil intrigant, l'a banni de la cour.

LE COMTE.

Me pardonneras-tu?... Dieu! que viens-je d'entendre?
(*Il lui prend la main.*)
Verner....

VERNER.

Mon dévoûment devrait-il vous surprendre?

LE COMTE.

Tu m'as sacrifié!....

VERNER.

Je l'ai fait, je l'ai dû ...
Je sens, oh! oui, je sens que je n'ai rien perdu!

LA BARONNE.

Combien je m'abusais !

LE COMTE.

Quel noble sacrifice!

D'HERMAN.

Vous êtes tous forcés de lui rendre justice.
L'honnête homme accusé, sans appui, sans secours,
A pour ami le temps qui le venge toujours.

LE COMTE.

Après ce grand éclat, ma disgrâce est certaine;
Les hommes, je le vois, mériteraient ma haine!
Mais elle deviendrait un tourment pour mon cœur.
Eh! je n'ai plus le droit d'espérer le bonheur.

AMÉLIE.

Amélie a juré de rester votre amie.
Si jamais des revers accablaient votre vie....

LE COMTE.

Ah! je tombe à vos pieds!

AMÉLIE, *froidement, mais avec douceur.*

Vous êtes malheureux!
Un souvenir cruel rendrait vos jours affreux.
Je crois à vos remords, et mon âme blessée
Ne rappellera plus cette triste pensée.

LE COMTE.

Quoi! d'être heureux par vous, il m'est encore permis!
Vous me restez, madame, et j'ai de vrais amis;

Et si l'ambition troublait encor mon âme,
Mon frère, cher Verner, et vous, et vous, madame;
Vous me rappelerez tous les trois qu'en ce jour
J'outrageai l'amitié; que j'offensai l'amour.

FIN DU DERNIER ACTE.

IMPRIMERIE DE MADAME VEUVE PORTHMANN,
RUE SAINTE-ANNE, N°. 43, VIS-A-VIS LA RUE VILLEDOT.

www.ingramcontent.com/pod-product-compliance
Ingram Content Group UK Ltd.
Pitfield, Milton Keynes, MK11 3LW, UK
UKHW021226230726
13926UKWH00003B/1260